Este livro pertence a:

O SEU NOME

CB061861

(E A MAIS NINGUÉM!)

Nota: Neste livro, optou-se por manter o calendário do Hemisfério Norte. As estações no Hemisfério Norte são invertidas em relação ao Hemisfério Sul: quando é inverno no Brasil, é verão no Hemisfério Norte. As férias de verão em Portugal são as férias de inverno aqui.

Título original: *Diário de uma miúda como tu: apareceu!* |
© 2023 Penguin Random House Grupo Editorial Unipessoal, Lda. |
Texto © Maria Inês Almeida, 2023 | Ilustrações e capa: Manel Cruz, 2023 |

© Direitos de publicação | Telos Editora Ltda. | Rua Caio Graco, 764 |
Vila Romana – 05044-000 – São Paulo – SP | www.teloseditora.com.br |

Esta edição contou com a intermediação da agência literária Literarische Agentur Mertin Inh. Nicole Witt e. K., Frankfurt am Main, Germany

Editor: Antonio Erivan Gomes | Adaptação: Alessandra Biral |
Revisão: Gabriel Maretti, Rodrigo da Silva Lima, Tatiana Tanaka |
Edição de Arte: Mauricio Rindeika Seolin

Proibida a reprodução total ou parcial desta obra, de qualquer forma ou por qualquer meio eletrônico, mecânico, inclusive através de processos xerográficos, sem permissão expressa do editor.

Dados Internacionais de Catalogação na Publicação (CIP)
(Câmara Brasileira do Livro, SP, Brasil)

Biral, Alessandra
  Diário de uma garota como você: desceu! / texto de Maria Inês Almeida; adaptação de Alessandra Biral; ilustrações de Manel Cruz. – 1. ed. – São Paulo: Telos Editora, 2024. – (Diário de uma garota como você; 11)

  Título original: Diário de uma miúda como tu: apareceu!
  ISBN 978-65-6113-009-7

  1. Amor – Literatura infantojuvenil 2. Diários – Literatura infantojuvenil 3. Família – Literatura infantojuvenil 4. Férias – Literatura infantojuvenil – I. Almeida, Maria Inês. II. Cruz, Manel. III. Título. IV. Série.

24-196061   CDD-028.5.

Índices para catálogo sistemático:

1. Diários: Literatura Infantil   028.5
2. Diários: Literatura Infantojuvenil   028.5

Cibele Maria Dias – Bibliotecária – CRB-8/9427

Impresso no Brasil – abril de 2024

OBRA APOIADA PELA DGLAB/CULTURA – PORTUGAL

REPÚBLICA PORTUGUESA CULTURA
DIREÇÃO-GERAL DO LIVRO,
DOS ARQUIVOS E DAS BIBLIOTECAS

FSC
MISTO
Papel produzido a partir de fontes responsáveis
www.fsc.org FSC® C004416

TEXTO DE **MARIA INÊS ALMEIDA**
ILUSTRAÇÕES DE **MANEL CRUZ**

DIÁRIO DE UMA GAROTA COMO VOCÊ DESCEU!

ADAPTAÇÃO DE ALESSANDRA BIRAL

1ª edição
2024

telos
EDITORA

DOMINGO

Querido Diário,

Ontem foi Natal. Ultimamente, os dias estão voando!

Deu tudo certo, apesar de, agora, eu me dividir entre a casa do meu pai e a casa da minha mãe.
É a vida!
E, na minha escola, tem cada vez mais pessoas com pais separados... parece que agora isso é normal.

Se bem que eu ainda acredito
que há amores eternos!

Apesar da separação, os meus pais combinaram um modo de estarmos todos juntos e nos deram uma notícia incrível!

> TEMOS UMA NOTÍCIA PARA DAR A VOCÊS!

Logo pensei: "Qual é a bomba que os meus pais vão lançar? A última vez que quiseram conversar conosco foi para anunciar sua separação..."

No entanto, eu estava muito enganada... A grande novidade foi: vamos passar alguns dias de férias todos juntos! Vamos usar aquele presente que eu e o meu irmão demos aos nossos pais quando ainda achávamos que eles iam fazer as pazes. Não é incrível?!

E ainda me deram um par de tênis feitos de material reciclado. Percebe-se que eles me conhecem bem, eh, eh, eh!

E sabe quem me deu uma música bem legal?
O Pedro! Fiquei surpresa!

Ah, é bom falar que ele está
cada vez mais gato!
E, ao contrário de quase todos
os garotos da escola, não tem
uma única espinha naquele rostinho.

Além disso, a Violeta, a minha
fantástica professora de aulas
de reforço, ficou tão radiante com
as minhas notas (especialmente
com o 6 em Matemática) que me
deu este novo diário: você, meu
querido confidente. E doces!

Uma combinação perfeita!

Acho que também consegui surpreender a turma com meus presentes originais e ecologicamente corretos. Todos adoraram o caderno inteligente, que pode ser sempre reutilizado...

Além disso, o meu pai se tornou fã da mini-horta que eu lhe dei para ele deixar perto da janela da cozinha, na casa nova.

Fiquei com pena do meu avô, porque passou grande parte do dia de Natal dormindo. Tadinho! Ficou tão assustado depois de entrar na contramão numa rua, que precisou mesmo descansar o resto da tarde. É a vida!

Já a minha avó ficou bem disposta e falante, levando para todo lugar a garrafa elétrica que o meu irmão lhe deu (nada ecológica ou sustentável, mas também não existem milagres, e o meu irmão ainda continua a ser um bobão, embora eu tenha de admitir que ele está um pouco melhor...).

Mas, além dos momentos passados com a minha família e os meus amigos, houve outras ocasiões especiais. Este ano, mais uma vez, fomos distribuir alimentos aos sem-teto. Fiquei superfeliz quando soubemos que um dos sem-teto que conhecemos no ano anterior conseguiu uma casa popular.
Ele estava barbeado, todo arrumado e esperando uma consulta para consertar os dentes. Pensei logo em falar com o meu dentista, para ver se poderia ajudá-lo.
E não é que aceitou?!
Se todos ajudarmos, nem que seja um pouquinho, tudo fica mais fácil.

O David juntou-se a nós nessa tarde inesquecível. A minha mãe diz que ele é como se fosse da família.
Acho que está exagerando um pouco, mas tudo bem...
Enfim, como pode ver, foram dias cheios de espírito natalino e de amor.
Eu nem sabia que tinha espírito natalino suficiente para reagir bem à mensagem de "Feliz Natal" que a Madalena me enviou!
E, além disso, agora ela voltou a me seguir no Instagram®, acredita?
Segue, depois deixa de seguir, depois volta a seguir...
Aquilo me irritou um pouco, mas me controlei.

Respirei fundo, agradeci e respondi a ela com imensos emojis de pinheiros, estrelas e corações.

E agora outras notícias do mundo dos "Mortais Hiper, Superlegais":

O meu canal de YouTube® Planeta Francisca não para de crescer!!!! Tenho cada vez mais *likes* e mais seguidores, e muitos compartilhamentos!!!
É incrível, mas, quanto mais conteúdos produzo, mais quero produzir.

Adoro o meu canal (acho que dá
para perceber, eh, eh, eh...).
Agradeço a todos os santinhos e ao
Daniel (estou pensando nele de novo!).

Eu e o Daniel gravamos mais um
vídeo juntos, que compartilhamos,
de novo, ao mesmo tempo.
O meu coraçãozinho frágil e sensível
vai aguentando bem essa convivência,
e vou deixando de lado minha
timidez... Eu já lhe contei quase
toda a minha vida.

Ele também me contou que seus
pais estão separados e que não
é o fim do mundo. Isso eu já sei.

Eu absorvi tudo como se fosse um daqueles teoremas irrefutáveis:

Pai + Mãe = 2 Casas

De repente, parece que conheço mais pessoas com pais separados do que com pais ainda casados. E percebo, cada vez mais, que manter uma relação é tão difícil quanto resolver uma equação matemática, ou até mais! Por que será?

Ah! E aquela menina bonita que estava de mãos dadas com o Daniel e que me deixou verde de ciúmes no

show do aniversário dele...
é sua irmã gêmea! Acho que não são
nada parecidos.
Nem parecem
irmãos, quanto
mais gêmeos!

> Duplo UFA! Duplo UFA!

1 – Ainda bem que o Daniel não tem um irmão gêmeo idêntico a ele. Se olhar para um Daniel quase me deixa sem ar, imagine olhar para dois?!

2 – O Daniel está livre como um passarinho.

Aproveitei para lhe mostrar uma
foto da Madalena, aquela pessoa
malvada, maquiavélica. Só para
ele identificar um ser estranho e
mudar de calçada se vê-la na rua
ou saindo de um disco voador.

Mas vou mentalizar novamente meu espírito natalino e não vou falar mais dela.

Aliás, a minha boca está proibida de pronunciar aquele nome que jamais deve ser mencionado:

ME, MYSELF AND I.

Hoje, depois de sonhar que o Daniel me dava um daqueles beijos cinematográficos, dei *like* em todas as fotos dele no Instagram®! Mas ACHO que exagerei...

Mensagem do Daniel:

> Daniel
>
> Obrigado por tantos *likes*, Francisca.
> Isso foi de propósito ou algum *hacker/
> vírus* invadiu seu celular?

Que vergonha!!!

Nesse momento, estou enfiando a cabeça na terra, como um avestruz!

SEGUNDA-FEIRA

Eu e o meu irmão não sabíamos para onde iríamos viajar. Nossos pais quiseram nos fazer uma surpresa. Foi apenas no aeroporto que descobrimos que nosso destino seria Paris!

Pensei que visitaríamos os lugares que todo mundo visita quando chega a Paris:

– Torre Eiffel: Também conhecida como "Dama de Ferro", tem trezentos metros de altura e é o monumento mais visitado do mundo. São 674 degraus até o segundo andar. Elevadooor, espere por mim!

– Arco do Triunfo: Onde também não vou subir mais de duzentos degraus!

- Catedral de Notre-Dame – Onde se passa a história de Quasímodo, o Corcunda de Notre-Dame.
O protagonista é um corcunda que mora na torre da catedral e se apaixona pela cigana Esmeralda.

- Museu do Louvre – É o maior museu de arte do mundo. Lá está o famoso quadro de Leonardo da Vinci, *La Gioconda*, mais conhecido como *Mona Lisa*! Onde estiver um grupo de pessoas, está exposto o quadro.

Mas ainda há mais coisas que quero ver e fazer:

- Museu dos Esgotos – Dizem que não tem um cheiro muito agradável, mas é um pedido meu!

- Museu do Chocolate – Outro pedido meu! Lá é possível degustar chocolates durante a visita.

- Comer muitos macarons (pequenos biscoitos preparados com farinha de amêndoas, açúcar de confeiteiro, açúcar cristal e claras de ovos), croissants e baguetes.
O meu pai queria ter uma aula para aprendermos a fazê-los!
Eu adoro macarons, mas também não precisa exagerar!

E adivinhe onde estou, vinda diretamente do aeroporto?
ESTOU NA DISNEYLÂNDIA DE PARIS!!!!
COOL!!!!!
ESTOU NA DISNEYLÂNDIA DE PARIS!!!
SHOW!!!!!
ESTOU NA DISNEYLÂNDIA DE PARIS!!!
Estamos num hotel superlegal que parece uma cidade do Velho Oeste. Eu fiquei num quarto com a minha mãe, e o meu pai ficou num quarto com o meu irmão. Agora vamos jantar *ratatouille*, um prato típico francês.
Há até uma animação, à qual já assisti, com esse nome...

Tem também um brinquedo, aqui na Disneylândia, com o mesmo nome.

Entretanto, a minha mãe acha que, ultimamente, eu estou sempre falando: **É A VIDA!**

Ela me pediu que eu tentasse me controlar. Diz que é uma mania e que pareço um papagaio sem vocabulário. Se contra fatos não há argumentos, só me resta dizer:

É A VIDA!

Mas vou me esforçar para não ser repetitiva, até porque *mon frère* (meu irmão), meu malvado favorito, já começou a me chamar de Francisca.

That's life!

TERÇA-FEIRA

A Disneylândia é mesmo um lugar
MÁGICO!
Foi um dia muito cansativo,
entre filas, muito tempo em pé
e as EMOÇÕES de cada brinquedo...
Vou explicar tudo mais
de-ta-lha-da-men-te.

Estava tudo indo muito bem, até o
meu pai nos sugerir que fôssemos
para a fila de um brinquedo que ele
viu num programa da TV do quarto e
que parecia sensacional, em realidade
virtual. Perguntei-lhe se tinha certeza
de que era seguro... ele sabe muito
bem (caso não tivesse um lapso de

memória) que tenho pavor
de altura e de emoções rápidas
e fortes.
Ele estava tão seguro que fomos
experimentar. E...
ENTREI NUMA MONTANHA-RUSSA!!!
ESCURA!!!!!!!!!!!!! FOI UM HORROR!!
PENSEI QUE MEUS INTESTINOS
FOSSEM SALTAR POR MEUS OLHOS,
MEUS OUVIDOS E MINHAS NARINAS
E QUE EU FOSSE MORRER.

Fui o tempo todo com os olhos fechados enquanto apertava a mão da minha mãe, que ia, igualmente congelada, no assento ao lado.
O meu irmão e o meu pai estavam atrás de nós.
Não dissemos uma única palavra.
Acho que nem gritei, apesar de só ouvir gritos!!!!! Paralisei.

Quando o suplício terminou, o meu pai estava superaflito e cheio de remorsos.

"Desculpem! Jurava que era em realidade virtual…
Estão todos bem?"

Estávamos quase todos bem... exceto o meu irmão, que vomitou! Tão frágil, esse ser semipré-
-histórico.

(Nota: Minutos antes, ele tinha devorado três cachorros-quentes!)

Aos poucos, fui voltando à realidade. O desfile e o espetáculo de luzes foram tão legais que me fizeram esquecer aquela matinê de terror.

Não resisti e enviei duas fotos do Castelo da Cinderela para o Daniel. Porém, eu me arrependi e apaguei em seguida.

Mas não fiz isso a tempo!
Por que sou tãããooo atrapalhada?
Ele viu minha mensagem e
respondeu:

> **Daniel**
>
> Você é uma romântica!
> Quem me dera estar aí!

Eu? Romântica? Senti que entrei
de novo numa montanha-russa!

QUARTA-FEIRA

Agora estamos no centro de Paris. Também estou superanimada. Quando era pequena, assistia a alguns desenhos animados que se passavam em Paris, por isso acho que já sei algumas coisas.
Acho que todo mundo já viu Paris em filmes, séries, novelas ou livros. Por falar em livros, estou quase terminando o novo diário que estou lendo.

O meu irmão, em vez de aproveitar a viagem a "Parri", de apreciar a vida parisiense e as pessoas, passa o tempo todo em videochamadas

ou trocando mensagens com a Filipa!
Nunca vi nada assim! Parece um
reality show, ele vai transmitindo
a vida dele em tempo real.
Cá para nós, acho que já deve
ter artrose nos dedos ou
tendinite postural.
Só espero que a Filipa não se canse
de tantas mensagens!
"Y a-t-il le Wi-Fi? Quel est le mot
de passe?"
(Tem *wi-fi*? Qual é a senha?)

É o que pergunta toda vez que chegamos a um café ou a um museu.
Até no metrô ele já perguntou!

EXPLIQUE LÁ ISSO, DARWIN!

Nossos pais já o avisaram que, quando o plano de internet acabar, ninguém pode reclamar!
Quero ver como ele se vai se virar!

A segunda pergunta que ele mais faz é:
"Podemos ir para o hotel descansar?"

Tão jovem e tão cansado, não é impressionante?

Os nossos quartos de hotel têm uma porta de comunicação. Quando ela está só encostada, eu consigo ouvir meu irmão escrevendo, compondo ou cantando uma música.

> Sem você, Paris
> Não tem cheiro de Paris.
>
> Se você me ama, me diz
> É o que eu sempre quis.
>
> Nos seus braços,
> Sou um aprendiz.
>
> Você é Paris
> Quando está feliz.
> Fico triste
> Quando você não sorri
> E não está aqui.
>
> Sem você, Paris
> Não tem cheiro de Paris.

(Será que só eu acho essa letra horrível?!! Como é que mais ninguém lhe diz para se dedicar a outra coisa?!
E logo ele falando de cheiros...
Nesses momentos, eu me lembro do quarto dele, que parece um depósito de lixo nuclear.)

Estou pensando em falar para o meu irmão que talvez a Filipa (que eu já conheço bem) não ache tanta graça assim nas músicas dele.
Para mim, isso é claro como água!
Deve ser intuição feminina, sexto sentido ou qualquer outro nome!

Mas, embora ele nem sempre use
o cérebro para pensar, não
quero magoá-lo, até porque
estamos nos dando melhor.
Por outro lado, o grilo falante
me soprou ao ouvido que tenho
de ser verdadeira e dizer-lhe de
forma educada que pare de compor
as músicas para a Filipa...
Talvez eu lhe dê um toque, ou, em
último caso, amarre suas mãos.

Enfim, músicas à parte, hoje fomos
fazer quase tudo aquilo que
tínhamos planejado, e foi incrível,
apesar do frio. Parece que o senhor
Inverno passou por aqui!

Por causa do frio, meus lábios incharam e dobraram de tamanho.

Levo sempre na bolsa meu brilho labial, mas meus lábios continuam inchados, rachados e ressecados.

Visitamos uma livraria famosa, perto de Notre-Dame, chamada Shakespeare and Company.
O local sempre foi ponto de encontro de vários escritores e artistas, como James Joyce, Ernest Hemingway e Scott Fitzgerald

(espero ter escrito o nome
dele certo!).
É incrível como as livrarias têm
cheiros que ficam na memória. Deve
ser por abrigarem várias histórias
e diversos personagens.

Curioso foi o fato de meu irmão
não saber que as pessoas que
trabalham em livrarias, que sempre
sabem onde está o livro que
procuramos e que muitas vezes
nos sugerem títulos, se chamam
LIVREIROS.
Nem em português ele sabe,
quanto mais em francês!

Eu já sei falar algumas frases em francês.

Algumas básicas:

- *Bonjour!* (Bom dia!)
- *Salut!* (Olá!)
- *Ça va bien?* (Está tudo bem?)
- *Au revoir!* (Adeus!)
- *Excusez-moi.* (Desculpe.)
- *Merci beaucoup!* (Muito obrigada!)

As que mais repito são:

- *Combien ça coûte?*
  (Quanto custa?)
- *Je cherche le métrô.*
  (Estou à procura do metrô.)
- *Pardon, je n'ai pas compris.*
  (Desculpe, não entendi.)
- *Parlez-vous anglais?*
  (Fala inglês?)
- *Merci beaucoup!* (Muito obrigada!)

Pois é, você percebeu? Merci beaucoup faz parte das duas listas. São palavras básicas que repito sempre. Gosto de agradecer e sou grata por vários motivos...

A seguir, está uma lista das cinco coisas pelas quais mais sou grata:

- Sou grata por termos saúde e por estarmos nesta viagem incrível.
- Sou grata pelos meus pais serem amigos. Eles estão separados, mas a viagem está correndo superbem. Espero que permaneçam assim.
- Sou grata porque eu e o meu irmão estamos nos entendendo.
- Sou grata por ter bons amigos e amigas.
- Sou grata por saber lidar com tantas mudanças.

merci   merci   MERCI   Merci

Apesar de os meus pais estarem separados, acho que esta viagem nos reaproximou.

Não é legal? Realmente, não há fórmulas mágicas para as famílias. Cada uma vai encontrando a sua. Eu gosto da nossa! E gosto de podermos ser verdadeiros. Ninguém pode fingir ser o que não é.

Resultado: olhe para mim, toda feliz, nesta *selfie* que tirei às margens do Rio Sena.

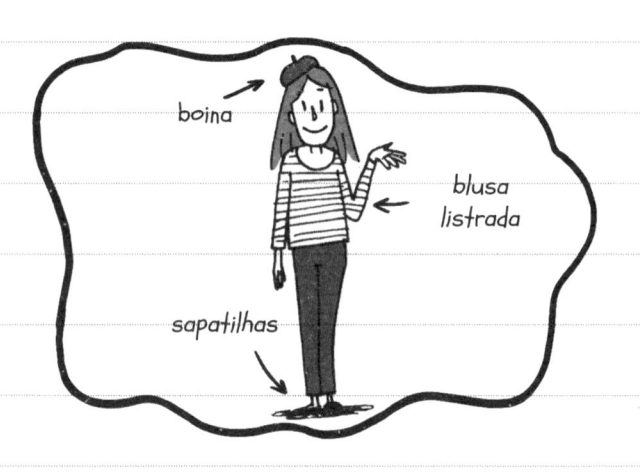

- boina
- blusa listrada
- sapatilhas

Essa foi uma tentativa de parecer parisiense, sem ficar igual ao senhor Inverno, eh, eh, eh. Em Paris, com a típica boina e a blusa listrada que a Leonor me emprestou.
E as clássicas sapatilhas que o meu avô me deu, que só usei uma vez.
Às vezes, ele começa a comprar sapatos para nós todos.
Acerta na numeração, mas erra feio no bom gosto.

QUINTA-FEIRA

Home sweet home! Viajar é bom,
mas é ótimo voltar para casa...
no meu caso, para duas casas.
Ontem, quando chegamos, já era
noite, mas fomos à casa dos meus
avós buscar o TicToc, o gato mais
fofo do mundo e arredores,
e o Iutub.

O celular da minha avó está cheio de
fotos dos dois. Eles brincando,
comendo, dormindo...
Comportaram-se muito bem! Dizem
que os animais de estimação são
ótimos para a saúde dos tutores.
Isso só pode ser verdade!

Com esses companheiros, estamos sempre rindo. Estou apaixonada por essas duas belezas!

Demos um forte abraço em nossos avós (apesar de termos conversado por mensagens todos os dias, viva a tecnologia!) e também lhes entregamos as lembrancinhas:

- Mini Torre Eiffel

- Velas que criam ambientes relaxantes. Essas são fabricadas com ingredientes naturais. Cera de abelha!

- Chocolates franceses (ideia minha!)

- Um queijo francês que fede mais que as meias do meu irmão.

Sorteamos para ver quem traria o queijo na mala. A "honra" de transportá-lo coube ao meu irmãozinho. Dessa forma, nada se perde, tudo se transforma.

> COMO FOI A VIAGEM A PARIS?
>
> FOI ESPETACULAR, EMOCIONANTE!
>
> DECEPCIONANTE? SEMPRE ACHEI QUE GOSTARIA DE CONHECER A CIDADE DO AMOR.
>
> VOVÔ, EU ADOREI!
>
> QUER COMER BOLO-REI? ACHO QUE SUA AVÓ NÃO TEM MAIS.

Que saudades!!! :))

Foi bom reencontrar a Laura e
a Leonor! Logo, fomos preparar
nossas famosas torres
de panquecas, com cobertura de
chocolate quente, mel e *chantilly*.

Foi uma miscelânea! A Leonor decidiu
enrolar algumas jujubas nas dela!
As panquecas ficam deliciosas
de qualquer maneira...
O meu pai só pediu para deixarmos
a cozinha arrumada.

Já de barriga cheia, jogamos Banco Imobiliário®, gravamos algumas coreografias e vimos fotos. Tudo isso com muitas gargalhadas, claro.

E... dividi com elas a grande novidade!!!
Eu MENSTRUEI pela primeira vez!!!!
É a vida! :)

Minhas amigas ficaram bem mais animadas do que eu e quiseram saber de tudo.

Claro que isso tinha de acontecer
num lugar inesquecível: no avião!!!!!
Nas alturas. Perto das nuvens, onde
costumo estar com alguma frequência :).
Acho que fiquei mais vermelha do que
quando o Pedro me beijou no rosto.

A minha mãe correu comigo até o
minúsculo banheiro do avião, que
por sorte estava vazio.
Nem sei como nós duas coubemos lá...
Percebi que minha calcinha estava
um pouco suja de sangue,

mas a minha mãe me deu um absorvente. Era um absorvente normal, com abas. Perguntei-lhe se sempre levava absorventes na bolsa, e ela me disse que sim, que carregava uma *nécessaire* com absorventes (normais e internos) para as emergências... E essa foi uma emergência!

<u>Há absorventes de vários tipos:</u>
- Com abas
- Super com abas
- Sem abas
- Ultrafinos
- Diários
- Com perfume
- Sem perfume
- Noturnos
- Diurnos

Eu disse às minhas amigas que já menstruam que os absorventes descartáveis não são ecologicamente corretos. E, como você sabe, sou uma garota totalmente a favor da sustentabilidade ambiental.

É claro que, lá nas alturas, eu não pude fazer exigências e agradeci à minha mãe pelo absorvente descartável, mas vou pesquisar melhor sobre o assunto.

Dizem que, durante o tempo em que menstrua, uma mulher utiliza cerca de dezessete mil produtos de higiene descartáveis. Dá para imaginar?!

Depois, são jogados em aterros sanitários e demoram décadas para se decompor. Mas há mais coisas... Além de nocivos ao meio ambiente, também podem causar infecções e alergias.

No início, o meu pai não entendeu muito bem o que estava acontecendo, mas bastou a minha mãe dizer "DESCEU", que ele logo compreendeu. Tive de dizer-lhe que não era preciso tanta ANIMAÇÃO!!!

Tive a sensação de que todos os passageiros tinham ouvido, menos o meu irmão, que estava entretido jogando xadrez no celular e não percebeu nada. Como quase sempre ocorre.

Uma vez que Matemática não é o meu forte, acho que terei alguma dificuldade com o chamado ciclo menstrual dos 28 dias.

D	S	T	Q	Q	S	S
	2	3	4	5	6	7
8	9	10	11	12	13	14
15	16	17	18	19	20	21
22	23	24	25	26	27	28

Mas, segundo a minha mãe, o mais importante resume-se a isto:

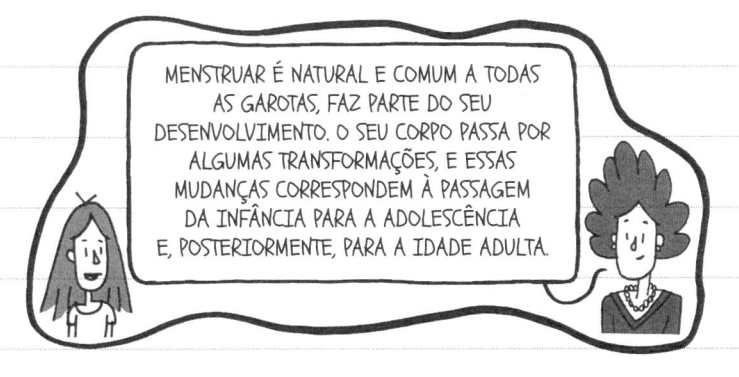

> MENSTRUAR É NATURAL E COMUM A TODAS AS GAROTAS, FAZ PARTE DO SEU DESENVOLVIMENTO. O SEU CORPO PASSA POR ALGUMAS TRANSFORMAÇÕES, E ESSAS MUDANÇAS CORRESPONDEM À PASSAGEM DA INFÂNCIA PARA A ADOLESCÊNCIA E, POSTERIORMENTE, PARA A IDADE ADULTA.

ESTUDOU BEM A LIÇÃO.
É IMPORTANTE CONVERSARMOS SOBRE ISSO, FILHA.
SIM...
FRANCISCA, SABE O QUE ISSO SIGNIFICA? A PARTIR DA PRIMEIRA MENSTRUAÇÃO, TODOS OS MESES, O SEU CORPO SE PREPARA PARA A GRAVIDEZ. AGORA QUE JÁ MENSTRUA, VOCÊ É UMA MULHER, E ISSO É UMA GRANDE RESPONSABILIDADE.
EU SEI, MÃE. COMO DIZ, JÁ SOU UMA MULHER E NÃO UMA CRIANÇA...
O SEU CORPO É SEU, E É VOCÊ QUE IMPÕE OS LIMITES. QUERO QUE TENHA JUÍZO COM OS RAPAZES.
SIM, MÃE.
OUVIU BEM?

— VOCÊ ESTÁ FALANDO COMIGO, NÃO COM O VOVÔ. ALÉM DISSO, ESTÁ A CINCO CENTÍMETROS DO MEU ROSTO... COMO EU PODERIA NÃO OUVIR BEM?

— QUALQUER DÚVIDA, CONVERSE COMIGO, ESTÁ BEM?

— SIM. QUANTO TEMPO VOU TER ISSO?

— O CICLO MENSTRUAL VARIA DE MULHER PARA MULHER, O COMUM É QUE DURE ENTRE TRÊS E CINCO DIAS.

— É A VIDA!

— O PRÓXIMO PASSO É MARCAR UMA CONSULTA COM A GINECOLOGISTA.

— CALMA, MÃE! ME DEIXE DESCANSAR!

<u>Até agora, está tudo tranquilo!</u>
- Não tenho cólicas menstruais.
- Não estou mal-humorada.
- Não perdi o apetite, mas também não estou comendo igual a uma lontra.
- Não tenho oscilações de humor.

A minha mãe é que fala, cheia de convicção, que os cérebros dos pré-adolescentes e dos adolescentes ainda têm muitas vul-ne-ra-bi-li-da-des.
(Ufa, que palavra enorme!)

SEXTA-FEIRA

Diário querido do meu coração,
o ano está terminando, mas eu tinha
de vir aqui escrever, antes de comer
as doze uvas (*blhec!*).

É tão bom escrever
nestas páginas!
Assim, eu posso lhe contar o que
sinto e o que acontece em minha
vida, cheia de fatos ora previsíveis,
ora bastante confusos.
Mas estou aprendendo a gostar
dessa agitação constante!
Faz parte do mistério que é crescer
e viver!

<u>O meu corpo está mudando, mas há algumas coisas que não mudaram:</u>

- Continuo uma devoradora de balas e doces! Acho que vou amá-los até ficar bem velhinha, ou até que meus dentes, minha dentadura ou meus implantes dentários não aguentem mais.

SE VOCÊ NÃO É DESCARTÁVEL, OPTE PELO REUTILIZÁVEL

- Continuo a criar as minhas camisetas com mensagens ecológicas. Esta é a última.

- Continuo a ganhar mais seguidores no meu canal de YouTube®, *Yeah!!!!*

PLANETA FRANCISCA

- Você, meu querido Diário, continua a ser o meu confidente, a quem adoro contar tudo.

E agora a contagem regressiva...
O Ano-novo está chegando!!!!

A minha mãe disse que não quer saber de barulho. Que só quer

ficar em casa sossegada.
Por isso, ficaremos nós duas
e o Iutube. Vai ser uma grande
chatice, é a vida... mas ainda não
tenho poder de escolha.
O meu irmão tem mais sorte que eu
e vai passar a virada de ano
com a Filipa e alguns amigos.
Confesso que sinto um pouco de
inveja dele. Também gostaria de
passar a virada de ano com as
minhas amigas... e também com o
Daniel. Poderíamos gravar um vídeo
legal para o meu canal!

SÁBADO

Primeiro dia do novo ano! Estou tão entusiasmada!

FELIZ ANO-NOVO!!!!!!!

Neste ano, vou estudar no 7º ano!!!!! Mas calma, ainda faltam alguns meses... e muitas provas pelo caminho.

Eu e a mãe assistimos a três filmes na passagem de ano!

Cobertor, pipocas doces e salgadas e comédias! Afinal, não foi uma chatice, diria até que foi perfeito. Foi bom estarmos só nós duas. Terminamos o ano rindo. E agradecemos por aquilo que temos, pois a minha mãe continua muito interessada em espiritualidade, meditação e ioga. Às vezes, até parece uma nova mãe, uma nova mulher. Bem... alguns dias, claro!

Falamos de namoros, de menstruação, das amigas e daquelas menos amigas (só há uma, a Madalena, e mais nenhuma!), da nossa família, do meu pai, dos professores, das notas. E, além disso, a minha mãe

me escreveu uma carta linda
e tãããão sincera.

Carta da minha mãe para mim:

Querida filha,

Este ano foi muito intenso para a nossa família, mas foi um ano importante. Um dia, quando crescer, você vai perceber que temos de procurar estar o mais perto possível da nossa essência, da nossa liberdade e daquilo que nos faz felizes.

Tudo tem o seu tempo.

Às vezes, o "para sempre" no amor de um casal não existe. Mas o "para sempre" no amor de uma mãe ou de um pai pelos filhos, esse sim é eterno. Já lhe disse isso muitas vezes, mas você sabe como gosto de reforçar, para que tenha isso sempre presente dentro de você. E, apesar de separados, eu e o seu pai seremos sempre os seus pais, e faremos de tudo para nos entender e nos dar bem. Acho que até agora tem dado certo, concorda?

Obrigada por ser essa Francisca que tem sempre uma palavra, que é uma luz na minha vida, que não gosta de injustiças e quer ajudar a salvar o planeta Terra. Ser sua mãe é um desafio constante, mas também é uma grande bênção.

Amo você!

Para sempre.

Mamãe

Só não entendi muito bem a parte do:
"Ser sua mãe é um desafio constante"...

Depois, ainda fizemos uma
videochamada para o meu irmão,
para os meus avós, para o meu pai...
e depois, sozinha no meu quarto, eu
falei com o Daniel. Ele me ligou!!!!
Quando vi o nome "Daniel" na tela,
parecia que o meu próprio celular
estava vibrando de felicidade.

Foi tão bom vê-lo no vídeo!
Acho que nem me lembrava direito
do rosto dele. Isso não é verdade!
Claro que me lembrava, até porque
vejo cem vezes por dia as fotos dele

no Instagram®. Eu lhe mostrei a
última camiseta que criei:

> QUEREMOS UM
> PLANETA TERRA
> SEM NENHUMA
> GUERRA

E ainda lhe disse qual seria o conteúdo do meu próximo vídeo: se o nível do mar continuar a subir, isso pode afetar diversos lugares do planeta provocando inundações, colocando em risco a vida de quatrocentos milhões de pessoas no mundo. Ele me incentivou a produzi-lo! Também queria gravar um vídeo sobre o ciclo menstrual e o impacto ambiental que

os absorventes comuns e os
absorventes internos descartáveis
causam no planeta, mas ainda não
consigo falar abertamente sobre
esse assunto. Sei que isso é natural
e falo isso com as minhas amigas
e até com o meu pai, mas ainda
não quero divulgá-lo no meu canal.
É justo, não? Ainda estou me
adaptando à ideia.

Fiz uma pesquisa sobre os
absorventes de algodão orgânico.

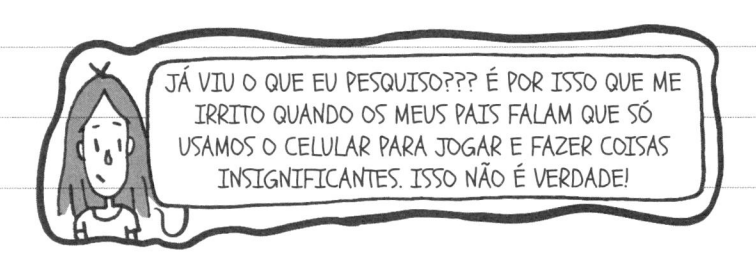

> JÁ VIU O QUE EU PESQUISO??? É POR ISSO QUE ME IRRITO QUANDO OS MEUS PAIS FALAM QUE SÓ USAMOS O CELULAR PARA JOGAR E FAZER COISAS INSIGNIFICANTES. ISSO NÃO É VERDADE!

Entretanto, o Pedro também me ligou e eu atendi. Gosto de conversar com ele.

Mas, logo agora que estou tão empolgada com o Daniel, o Pedro precisa estar, TAMBÉM, tão interessado em mim?

Ele sempre diz que somos muito amigos, "a tempestade perfeita", e que é importante mantermos nossa amizade.

Bem, mas o fato inesperado (na verdade, isso não me deixou surpresa) é que o ano não começou bem para o meu irmão. A Filipa terminou o namoro com ele!

E não foi porque ele mudou de perfume! Eu já estava prevendo isso (e não tenho bola de cristal!). Coitado, ele ainda não disse uma frase. Só "sim", "não" e "talvez". Ahh, eu me lembrei de que ele repete com frequência:

> A FILIPA É O AMOR DA MINHA VIDA.

A nossa mãe tentou consolá-lo com aquelas palavras que só as mães sabem dizer, mas foi em vão.

— FILHO, É NORMAL QUE, NESSA IDADE, OS AMORES VENHAM E VÃO.

— COM A FILIPA É DIFERENTE. ELA É O AMOR DA MINHA VIDA.

— DÊ-LHE UM TEMPO. TALVEZ SEJA DISSO QUE ELA PRECISE NESSE MOMENTO.

— FOI O QUE ELA ME DISSE. MAS EU NÃO ENTENDO. TEMPO PARA QUÊ? O QUE É ISSO DE DAR UM TEMPO?

— ÀS VEZES, AS PESSOAS PRECISAM PENSAR. PRECISAM SE AFASTAR.

— MAS ELA DIZIA QUE ME AMAVA.

— MEU QUERIDO, TALVEZ AME. MAS, NESSE MOMENTO, ELA PRECISA DESSE TEMPO.

— ... E QUE ERA PARA SEMPRE.

— OH, FILHO, O "PARA SEMPRE" É MUITO RELATIVO. PRINCIPALMENTE NA SUA IDADE.

— NÃO ENTENDO. A FILIPA É O AMOR DA MINHA VIDA.

Por mais que me custe dizer,
não gosto de vê-lo assim.

Parece que o coração da girafa
é o maior de todos os animais
que vivem na Terra, e o meu
está do tamanho do coração de uma
girafa. Nesse momento, ele pesa
onze quilos e mede cerca de
sessenta centímetros.

TERÇA-FEIRA

As aulas já começaram, e este ano vamos ter um evento/baile de carnaval sustentável!

Regra número 1: Todas as fantasias têm de ser feitas de material reciclado, mas podemos reaproveitar também roupas e acessórios que temos em casa.

Assim, não só usamos nossa criatividade, mas também reutilizamos materiais e pensamos no meio ambiente.

Música e fantasias podem, mas lixo, não! Por isso, cada um deve levar o próprio copo ou garrafa. Também já avisei o pessoal de que existe glitter ecológico e que é possível fazer confete com papel usado, ou pegar folhas secas no chão, utilizando o furador para fazer as bolinhas.

Mas o ideal é não levar nada disso, porque suja muito o chão e depois alguém tem de limpar.

Este ano, podemos levar um convidado! Quero muito ir, só espero não fazer nada que aborreça os meus pais… Tudo está indo tão bem... E quero que continue assim.

Hoje encontrei o Pedro, enquanto ia para casa. Pensei que ele vinha me falar do evento, mas vejo com esta conversa:

> **FRANCISCA, NO ANO PASSADO, NESSA ÉPOCA, ESTÁVAMOS NAMORANDO.**
>
> **NO ANO PASSADO? AONDE QUER CHEGAR, PEDRO?! NÃO SEJA SAUDOSISTA.**
>
> **EU PENSO MUITO EM VOCÊ E SEMPRE GOSTO DE VÊ-LA.**
>
> **PEDRO, GOSTEI MUITO DE VOCÊ, MAS JÁ PASSOU.**
>
> **O.K, MENTI UM POUQUINHO NESSA ÚLTIMA PARTE. A VERDADE É QUE ELE AINDA MEXE COMIGO!**

> FECHE OS OLHOS.
>
> POR QUÊ?
>
> PARA EU DAR UM BEIJO...

E nos BEIJAMOS!!!!!!

Porém, atrapalhada como sou, no exato momento em que fui surpreendida, derrubei meu celular no chão e a tela trincou!!!!
Por que não comprei uma capinha igual à do meu avô?! Ele diz que a dele é à prova de quedas!

Acho que começo a entender
por que não gosto de Matemática.
Porque tem muitos X, Y e Z que
me confundem.

Dessa forma, é a vida! Tenho um
D e um P para resolver.

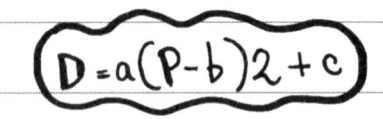

$$D = a(P-b)2 + c$$

São as incógnitas da minha equação.

QUARTA-FEIRA

O beijo. O beijo do Pedro.
O nosso beijo. Os meus hormônios
da felicidade estão nas alturas.

A mensagem veio meio distorcida,
por causa da tela quebrada:

> Pedro
>
> Gostou do nosso beijo?
>
> Sim, mas fiquei confusa.
>
> Nós nos gostamos...
> E eu nunca esqueci você.

Claro que isso foi um pretexto urgente para me encontrar com a Laura e a Leonor.

"Depois, ele não vai voltar pra Madalena?"
"Vocês dois ficam tão lindos juntos!"
"E o Daniel? Você estava tão animada!"
"Mas você não disse que não queria saber de namorar?"

Estava – pretérito imperfeito do verbo estar. Depois do beijo, o presente revelou-se confuso. "Confusa" é a palavra que melhor define como estou me sentindo.

Há várias coisas que sempre
admirei no Pedro!
Mas eu e o Daniel também
combinamos muito...
E, para piorar as coisas, os dois
são liiiindos!

Em meio a tudo isso, decidimos
que as nossas fantasias serão
de papelão.
Eu vou fantasiada de planeta Terra,
a Laura, de Marte e a Leonor, de
Vênus. A Maia também irá conosco e
vai de Mercúrio.

QUINTA-FEIRA

A Madalena foi pega colando na avaliação de Inglês! O André decidiu mostrar a prova para ela, e a professora pegou-os no flagra e anulou as provas dos dois.
Você sabe que não morro de amores pela Madalena... ela me dá alergia, urticária, irritação quando se aproxima, mas acho que, se eu fosse professora, fecharia os olhos ou fingiria que não estava vendo.
Tive até pena deles, pois estavam tão nervosos e chorando...
Além disso, foi um teste-surpresa.
Fiquei imaginando que o ideal seria se as escolas fizessem

festas-surpresa em vez de provas-
-surpresa. Ora, está aí uma boa
sugestão para levar à direção ou à
coordenadora de classe.

Se é para fazer as pessoas
chorarem, posso escrever mais uma
redação sobre o aquecimento global!

Ou então mostrar um vídeo
horroroso do meu irmão acordando
na casa do nosso pai!
Só não jogo um copo de água na
cabeça dele porque a água é um
recurso natural precioso. Além
disso, o meu pai diz que, depois, o
colchão demora muito para secar.

Já na casa da mamãe, ela usa um método mais eficaz: o grito!

ACORDA!!!!!!!!!!!!!!

Há um artista norueguês, o Munch, que pintou um quadro chamado, precisamente, de O grito. Já pensei em lhe dar uma cópia dessa obra.

SEXTA-FEIRA

Tenho notado que a minha mãe está muito misteriosa! Anda muito perfumada, leva sempre o celular para o quarto (antes, deixava-o na sala carregando) e tem comprado muitas roupas... Eu lhe disse que a indústria têxtil é uma das mais poluentes do mundo, causando grande impacto no planeta, e que há cada vez mais aplicativos para comprar roupas "descoladas" e seminovas. Ela me deixou instalar um aplicativo em seu celular, mas não ficou interessada. Já eu e o meu irmão compramos algumas blusas de moletom superlegais, para skatistas, novas e com etiquetas, ah... e superbaratas!

Hummm... Será que ela arrumou um namorado? Não pode ser. Acho que ela ainda nem teve tempo para digerir o divórcio.

Tentei abordar o assunto com o meu irmão, para saber qual era sua opinião, mas ele começou a chorar, relembrando os primeiros tempos de namoro com a Filipa.

Continua enfiado no quarto, igual a um homem das cavernas.
Só sai de lá para ir à escola.
E, como na casa do nosso pai

dividimos o mesmo quarto, eu só entro lá para dormir. E mesmo assim com medo... mas, não sei como, ele tem cumprido o que prometeu quando soubemos que não íamos ter um quarto para cada. Só que nem tudo é perfeito: com a tristeza, o seu "talento musical" foi ativado, e ele está cada vez mais inspirado compondo...

> Eu te amo.
> É muito bom te ver.
> Me abraça hoje e sempre...
> Não consigo te esquecer.
> Tu és o Universo, o planeta.
> Escondes talentos
> Com caretas hilariantes,
> Mas somos os melhores comediantes.

É urgente que meu irmão aprenda a compor e ensaie fora de casa!
Já lhe sugeri que cantasse em inglês, talvez fique melhor (ou em holandês, que ninguém entende).
Ele não descartou a ideia de cantar em inglês, ficou de pensar nisso.
Como está sofrendo, faz músicas atrás de músicas, mas cada uma pior que a outra!

Só para deixar registado, aqui está uma foto do nosso quarto, num dia normal, na casa do nosso pai.
Dá para ver que só tenho espaço para dormir.

E, se me distrair, qualquer dia entro no quarto e não encontro minha cama.

Então, o inacreditável aconteceu! O meu irmão veio me perguntar se EU poderia falar com a Filipa. Então liguei para ela, para ver se tinha alguma chance de eles voltarem, mas ela me disse que ainda precisa de "um tempo".

Talvez a tristeza também provoque algumas manias: eu descobri que ele anda dizendo que calça dois ou três números acima do tamanho que realmente usa?!?

EXPLIQUE LÁ isso, DARWIN!

Pior!!! Tem comprado tênis maiores do que seus pezinhos! Pelas minhas contas (e estas me parecem corretas), ele deve calçar 39/40, mas diz que calça 42!!! Só que o cheiro de chulé continua a bater todos os recordes e tamanhos!

Vou fotografar seus sapatos. Eles merecem um registro para a posteridade.

SÁBADO

Os meus pais não querem mandar consertar a tela do meu celular. Querem saber como aconteceu. Não lhes contei que foi quando o Pedro me deu um beijo que me fez esquecer de tudo, inclusive do celular na minha mão, que se espatifou no chão!

Eles arrumaram várias desculpas:

– Tem de ser responsável, Francisca.
– Agora, cada vez que cair, vamos ter de mandar consertar a tela?

– É caro.

– O celular está funcionando, por isso pode continuar a usá-lo assim.

– Você não precisa tanto assim do celular.

Só posso escrever: SEM NOÇÃO!
Também apresentei alguns argumentos.

Temos de sobreviver nesta pequena selva familiar.

– Eu posso me machucar!
– Meu celular está exposto à poeira, e à sujeira, e pode se estragar mais facilmente a longo prazo.
– Faz mal à visão. Estou fazendo um grande esforço para ler as mensagens e assistir aos vídeos. Se, depois, eu precisar usar óculos, vai ser pior.

E, nesse último ponto, eu os convenci. Daqui a alguns dias, vão mandar meu celular para o conserto. :) Mas há um "mas". Há sempre um "mas".

Se voltar a cair, o valor do conserto sairá da minha carteira. E decidiram que está na hora de eu começar a ter mesada. Não é muito dinheiro, mas é alguma coisa. Eles me disseram que é para eu começar a ter educação financeira (o meu irmão tem mesada, mas não tem educação, nem financeira nem outra qualquer) e para aprender a economizar, a definir prioridades de gastos, a controlar um pequeno orçamento. Os dois estavam de acordo... ou estou enganada, ou os meus pais separados se entendem melhor do que muitos pais de amigos meus que ainda estão casados.

DOMINGO

Fomos almoçar com os nossos avós.
Quando estamos com eles, é sempre
superdivertido. Temos muita sorte
em ter esses avós tão legais.
A minha avó, se dependesse só dela,
ficaria uma tarde inteirinha
conversando. É incrível como ela
nunca se cansa. Eu também não fico
quieta, mas ela consegue ganhar
de mim. Às vezes, eu me pergunto
como uma pessoa pode ter tantas
palavras
dentro dela.

FRANCISCA, QUER QUE EU LHE FAÇA UM GORRO CINZA OU PRETO?
PODE SER PRETO, VOVÓ. OBRIGADA! AGORA PRECISO IR. TENHO DE FAZER MEUS TRABALHOS DE CASA.
SE QUISER, EU FAÇO TAMBÉM UM CACHECOL...
NÃO PRECISA. BASTA O GORRO. TENHO MESMO DE IR...
MAS FICARIA TÃO BONITO COMBINANDO.
O CACHECOL ME DÁ ALERGIA.
MAS POSSO COMPRAR UMA LÃ ESPECIAL
VOVÓ, SINTO MUITO CALOR.
VOCÊ FICARIA TÃO BONITA DE GORRO E CACHECOL. NÃO ME CUSTA NADA FAZER.
PRECISO MESMO, MESMO IR.

> O SEU IRMÃO AINDA TEM AQUELE QUE EU FIZ NO ANO PASSADO?
>
> DEVE TER. E O MAIS PROVÁVEL É QUE ESTEJA DEBAIXO DE UMA DAS CAMAS!
>
> FRANCISCA, NÃO PREFERE ESTA LÃ CINZENTA TAMBÉM PARA O GORRO? É TÃO BONITA.

Pouco depois, minha cabeça começou a coçar (pensei que podia ser de tanta informação que entra aqui). A minha avó pediu para deixá-la ver meu cabelo e, depois, me disse que estava cheio de... PIOLHOS e LÊNDEAS!

Sugeriu-me uma série de remédios caseiros que variavam entre vinagre, álcool etílico, azeite e lavanda!!! Não!!!!! No meu cabelo, não!

Fomos à farmácia para comprar o produto certo. Fiz tudo de acordo com a bula. A pior parte foi mesmo me pentear com aquele pente horrível! Agora é esperar para ver se eles desaparecem.

Como é que eu fui pegar esses bichos nojentos?!!!

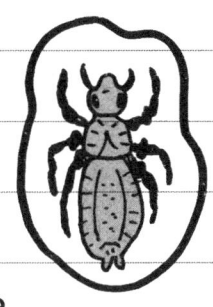

Por que eu?

Será que já não tenho preocupações demais?

Xôôôô! Sumam daqui!

SEGUNDA-FEIRA

Espero que os piolhos tenham ido desta para melhor. Hoje tentei não me aproximar muito de ninguém (vai que ainda tenha algum sobrevivente por aqui). Mentira! Eu pensei em chegar perto da Madalena, para que visse qualquer coisa no meu celular. Mas desisti. O meu anjo da guarda falou em meu ouvido direito:
"Não faça aos outros aquilo que você não gostaria que lhe fizessem!"

Fui obediente!

TERÇA-FEIRA

Vou sugerir à direção da minha escola, além das festas-surpresa, novas matérias:

- Aulas sobre empatia e afetividade
- Aulas sobre inteligência emocional
- Aulas sobre educação financeira
- Aulas de escrita criativa
- Aulas sobre felicidade e bem-estar
- Aulas sobre diversidade cultural (regional e mundial)
- Aulas sobre viagens inesquecíveis
- Aulas sobre educação ambiental (ou seja, como podemos contribuir para que o planeta Terra fique saudável). Até podiam mostrar os meus vídeos! Cada vez mais, tenho novos seguidores. Talvez seja um sinal de que o conteúdo apresentado é interessante, atual e educativo.
- Mais aulas sobre educação sexual, ministradas por um(a) sexólogo(a), para nos tirar dúvidas e falar sobre as transformações do nosso corpo na adolescência.

A minha mãe anda tão espiritualizada que sugeriu que as escolas se tornassem templos de conhecimento.

Fiquei pensando naquilo e gostei. Primeiro, achei estranho, mas depois concordei. É legal, não é?

QUARTA-FEIRA

Notícia de última hora!!
O meu irmão agora afoga suas
mágoas na cozinha. É verdade!
Ele falou com o nosso pai,
que o incentivou a cozinhar!!!
OH MY GOD! Está pesquisando sobre
novas receitas e modos de preparo
e acha que pode reconquistar
a Filipa aperfeiçoando e inovando
seus dotes culinários.
(Sim, porque seus dotes musicais
não estão dando resultado!)

O pior de tudo foi quando ele disse
que quer comprar gafanhotos
e minhocas para as próximas

refeições e que essa será a alimentação do futuro.

Eu acho que ele está empenhado em destruir os meus cinco sentidos!

EXPLIQUE LÁ isso, DARWIN!

Confesso que, até agora, só estou preparada para o movimento das "Segundas sem Carne", o que me deixa muito animada!
Esses alimentos exóticos não me parecem nada apetitosos.
Nunca pensei em dizer isso, mas acho que prefiro as receitas estilo MasterChef® do meu pai!!!!!

O meu irmão está tão fascinado pelo assunto que deu uma verdadeira aula sobre iguarias mundiais.
Está preparado, querido Diário?

- Na China, comem-se ratos assados!

- No Japão, comem-se olhos de atum!!

- No México, comem-se gafanhotos fritos!

- Na Escandinávia, comem-se panquecas de sangue!

- Na Indonésia, come-se cérebro de macaco.

(Talvez esse último prato ajude meu irmão a acrescentar aos poucos alguns miolos que existem dentro daquela cabecinha.)

Seguimos! Nunca achei possível, mas o meu irmão me sugeriu um conteúdo superlegal para o meu canal!
Ele me disse que há algumas frutas

e legumes que são cultivados sem a utilização da terra. Só precisam de substrato, água e luz. Ou seja, é possível fazer crescer plantas só com água, luz e substrato!!
Vou pesquisar melhor sobre o tema e gravar um vídeo para o YouTube®. Chamam-se alimentos hidropônicos e dizem que serão o futuro! No Japão, os funcionários de alguns escritórios cultivam essas hortas.

Tenho de contar essa novidade ao professor Luís, que já está recuperado! Pode ser bom fazermos essa experiência, além da nossa horta tradicional, na equipe verde.

QUINTA-FEIRA

Piolhos... não quero mais vê-los!

Acho que me livrei deles!!!
Penteio o cabelo todos os dias com
o pente fino e, daqui a alguns dias,
repito o processo, para garantir
que não fica mais nenhum bicho!!

E mais um dente caiu...
Oh, vida...
Tudo sempre
me acontece...

Devia ser proibido caírem os nossos
dentes. Quando isso termina?

E logo agora que se aproxima
o baile de Carnaval da escola!

O lado bom é voltar ao consultório
daquele dentista superlegal.
Só espero que não me recomende
um aparelho fixo... E se o Pedro me
der outro beijo? Vai beijar ferros!

Já pedi que, na consulta, a minha
mãe não me trate como se eu
tivesse cinco anos.

Da última vez, quis mostrar-lhe as
fotos de quando eu era bebê. Até
sonhei que estava deitada na cadeira do
dentista, com o motorzinho no dente e

aquela luz horrível apontada para o meu rosto, e, de repente, a minha mãe lhe dizia que eu tinha menstruado e que, agora, eu já era uma mulher!! Não foi um sonho, mas um pesadelo!

Estou pensando em levar algumas camisetas para mostrar a ele que os meus interesses são variados.

FAÇA A SUA PARTE E A TERRA NÃO TERÁ UM ENFARTE

AS ALTERAÇÕES CLIMÁTICAS DEPENDEM DE NÓS

SEXTA-FEIRA

Eu estava com a boca ainda meio anestesiada e digerindo a notícia de que tenho um dente torto na da gengiva (e isso não foi sonho! Vou tentar desenhar essa coisa horrível!),

quando recebi uma mensagem do Daniel:

> **Daniel**
>
> Vamos pensar em mais um vídeo para gravarmos no feriado de Carnaval?

Claro que quero fazer mais vídeos com o Daniel.

Ele quer estar comigo, eu quero estar com ele.

O Pedro quer estar comigo, eu quero estar com ele.

Mas e agora? Estou tão dividida!

Mas, voltando ao meu dente, vou ter de operá-lo em uma data a ser marcada! Já estou suando frio.

Hoje, fomos jantar fora com a nossa mãe. Estava sendo tudo muito legal até o momento em que, enquanto eu cortava meu primeiro pedaço de *pizza* Marguerita, ela nos disse:

> TENHO ALGO PARA LHES CONTAR: ESTOU MUITO FELIZ, ESTOU APAIXONADA!

> APAIXONADA? COMO? PENSEI QUE A SUA VIDA AMOROSA FOSSE UM DESERTO.

> APAIXONADA. HÁ ALGUM TEMPO, EU CONHECI UMA PESSOA, E FOMOS FICANDO CADA VEZ MAIS PRÓXIMOS, ATÉ PERCEBERMOS QUE NÃO QUEREMOS SER SÓ AMIGOS. QUEREMOS SER NAMORADOS!

> E O NOSSO PAI?

> MEUS QUERIDOS, EU E O PAI DE VOCÊS ESTAMOS SEPARADOS. SOMOS AMIGOS. MAS É NORMAL AGORA CADA UM SEGUIR A SUA VIDA. TALVEZ ELE TAMBÉM TENHA CONHECIDO ALGUÉM.

> O NOSSO PAI TEM UMA NAMORADA?

> NÃO ESTOU DIZENDO ISSO! NÃO FAÇO IDEIA. ESTOU SÓ FALANDO QUE, MAIS CEDO OU MAIS TARDE, É NORMAL ISSO ACONTECER.

> QUEM É ESSE SEU NAMORADO?

> VOCÊS VÃO CONHECÊ-LO EM BREVE. PODE SER? ELE TAMBÉM TEM UM FILHO E UMA FILHA.

> EM BREVE?! E QUAL É A IDADE DOS FILHOS DELE?

> JÁ CHEGA DE PERGUNTAS! PROMETO QUE, EM BREVE, JANTAREMOS TODOS JUNTOS.

Finalizamos com um *petit gâteau* triplo de chocolate, para adoçar o coração e controlar a emoção...

SÁBADO

Daqui a menos de um mês,
é o DIA DOS NAMORADOS. Quem
me lembrou disso foi o Pedro,
que me mandou este gif:

will you be my Valentine?

YES! Sim! Oui!

Calma, Francisca!

Mas e o Daniel? Estou tão
confusa.

Hoje não marquei nada com ninguém.
Preciso ficar sozinha.
Para falar com os meus botões,
como diz a minha avó.

Aiiiii.

DOMINGO

A minha mãe anda tão animada que tentei saber mais informações dela enquanto lhe mostrava a minha nota azul na prova de Matemática. Mas nada. Ela só diz que, logo, estaremos todos juntos. Confesso que não sei se estou preparada para esse momento.
Isto parece um *game*. Não sei se estou preparada para o próximo nível. No outro dia, seu misterioso namorado vejo buscá-la para jantar. Até olhei pela janela, mas, como ele não saiu do carro, não vi se era alto ou baixo, gordo ou magro, com cabelo ou careca.
Nada! Só sei que tem um carro preto.

SEGUNDA-FEIRA

Começar uma segunda-feira recebendo o resultado de três provas é assustador, mas... até que não fui tão mal.

> Português – **6**
>
> *Observação:*
> *Francisca, você precisa estudar mais para a próxima prova. O tema da redação era sobre a primavera. Não precisa falar sempre de meio ambiente.*

Por que não?!!!!! Como é que uma redação sobre a primavera não tem nada a ver com meio ambiente? Estamos no inverno e há quantos dias não chove? E a seca e suas consequências para o planeta, para os animais, para a agricultura? E as

enchentes que estão acontecendo em tantos países? Decididamente, alguns professores não me compreendem.
O pior foi quando a professora ainda pediu para a Madalena ler sua redação porque estava "muito bonita".

Só me lembro desta parte:

"Se fosse a primavera, eu teria dentro de mim todas as flores do mundo."
BAHHHHH! Acho que fiquei enjoada!

Se aquela garota fosse a primavera, nenhuma ave regressaria depois das migrações do inverno! Se ela fosse a primavera, passaríamos diretamente do inverno para o verão!

A professora ouviu o que eu murmurei e mandou um recado no meu caderno.

> *Caro responsável,*
>
> *Hoje, na aula de Português, a Francisca fez um comentário muito desagradável enquanto sua colega Madalena lia a redação dela, após meu pedido. Esse tipo de comportamento é inaceitável, ainda mais em sala de aula. Sugiro que converse com sua filha para que isso não volte a acontecer.*

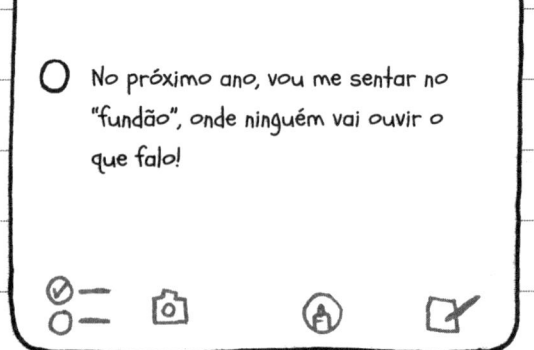

○ No próximo ano, vou me sentar no "fundão", onde ninguém vai ouvir o que falo!

TERÇA-FEIRA

Depois de tentar convencê-la,
enfim a minha mãe aceitou
instalar placas solares em casa!
FINALMENTE teremos eletricidade
captada do Sol. Inesgotável e
não poluente!

PLACAS SOLARES = REDUÇÃO NA CONTA DE ENERGIA ELÉTRICA

A minha mãe tem uma lista de
coisas que considera ESSENCIAIS
e que jamais posso esquecer.

> Lista de coisas ESSENCIAIS que jamais posso esquecer:
> - Tratar sempre bem as pessoas.
> - Saber que a minha mãe gosta muito de mim.
> - Lembrar-me de que devagar se vai longe.
> - Recordar-me de que a vida sorri a quem sorri e sempre ajudar os outros.
> - Ser paciente, pois a paciência é uma virtude.
> - Nunca desistir dos meus sonhos.
> - Quando ficar adulta, ter uma profissão, para conseguir minha liberdade financeira.

A liberdade financeira é o que vai me permitir não depender de ninguém e fazer sempre (ou quase sempre) o que quiser. Parece tão óbvio, não? Mas essa ainda não é a realidade para todas as mulheres, apesar de ter havido um grande progresso nos últimos cinquenta anos...

Por isso (mas não só por isso) é que gosto tanto de vender as minhas camisetas. Assim vou juntando dinheiro! E sou bastante controlada com a minha mesada.

Agora tenho três cofrinhos:

- Um cofrinho para minhas economias.

- Um cofrinho com um valor para doar às pessoas que precisam.

- Um cofrinho com dinheiro para gastar com minhas coisas.

> Se o meu avô me der dez reais:
> - Seis reais vão para o cofrinho das economias.
> - Dois reais vão para o cofrinho das doações.
> - Dois reais vou colocar na carteira.

E, quando recebo a mesada, separo uma parte para a poupança! A minha mãe me explicou que não devemos economizar só uma parte, porque aí corremos o risco de ficarmos sem nada!

TERÇA-FEIRA

Querido Diário, estou cheia de provas, de trabalhos em grupo e individuais e também tentando organizar tudo para o baile de Carnaval.
Por isso, não tenho tido tempo de fazer aquilo de que mais gosto: escrever aqui e gravar os meus vídeos! Desculpe!!!!!!

SEGUNDA-FEIRA

Só entrei na brincadeira porque foi a primeira coisa divertida que o meu irmão quis fazer desde que terminou com a Filipa.

FIZEMOS UMA PEGADINHA (ficou bem legal) COM O NOSSO AVÔ! Foi muito divertido!
Ligamos para ele e o meu irmão fez uma voz diferente, e nós lhe dissemos que os seis frangos que tinha encomendado já haviam chegado.

> JÁ CHEGARAM OS SEIS FRANGOS!

> MAS EU NÃO ENCOMENDEI NENHUM FRANGO.

> NÃO FOI UM, FORAM SEIS! ENCOMENDOU PELO APLICATIVO DO CELULAR.
>
> TAMBÉM NÃO ENCOMENDEI NENHUM CELULAR. SERÁ QUE A MINHA NETA MEXEU NO MEU CELULAR?
>
> O SEU NÚMERO NÃO É 9XXXXXXXX?
>
> PARE AGORA, NÃO ENTENDO NADA DO QUE ESTÁ DIZENDO.
>
> TENHO AQUI SEIS FRANGOS ASSADOS.
>
> EU NÃO GOSTO DE ATENDER NÚMEROS DESCONHECIDOS.
>
> O QUE EU FAÇO COM A ENCOMENDA?
>
> TEM FRANGOS PARA VENDA? AGRADEÇO, MAS JÁ JANTAMOS!

Então, começamos a rir, mas ficamos com pena dele quando ouvimos o barulho das chaves fechando a porta!

SEGUNDA-FEIRA

Hoje, *Valentine's Day*, dia internacional do Amor, meus batimentos cardíacos aumentaram quando recebi esta carta.

Querida Francisca,

Quando olho para você, vejo sonhos infinitos,
vejo olhos límpidos e desejos.
Quando eu a vejo, visualizo o futuro.
O seu cabelo, o seu rosto suave como pétalas de rosa.
Você me enche de paixão com o seu sorriso doce.
Você é livre para voar, mas, se eu não ficar com você, me ensine pelo menos como não amá-la.
Ficarei sempre do seu lado, além de seu olhar, mas, se o que sinto é verdadeiro, nem os espinhos de sua rosa podem me machucar.

Francisca, Je t'aime!

Do teu misterioso apaixonado.

Quem será o misterioso apaixonado que me deixou esta carta na mochila, num envelope perfumado, e com um pirulito em forma de coração?

– Pedro?
– Daniel?
– Outro?

DOMINGO

Hoje foi o baile de Carnaval!
Eu, a Leonor e a Laura saímos juntas da casa da Laura com os nossos planetas. Ninguém conseguia adivinhar que éramos nós. Fizemos alguns buracos na cartolina nos lugares da boca, para respirar, e dos olhos (muito discretos), para não nos esborracharmos no chão.

Tantas fantasias divertidas!
Eu dei algumas pistas ao Pedro sobre a minha fantasia, por isso quando vi o planeta Urano se aproximar achei muito engraçado.
Ele está sempre me surpreendendo.

Ele pegou na minha mão, e ficamos
nós dois em silêncio, no meio do
caos e da gritaria à nossa volta.
O concurso de fantasia estava
começando. E ele me beijou de novo.
O.k, foi um beijo na cartolina, mas
também vale, não acha? E, desta vez,
não deixei cair nada...

Depois do desfile, desapareci, como a
Cinderela, porque a mãe da Laura foi

nos buscar e elas estavam à
minha procura.

Nem liguei muito...
Quem venceu o concurso?
A Madalena!!! Achei que ela e as
suas amigas pareciam saídas de
um exército de soldados mongóis.
A parte boa é que as armaduras
eram feitas de tampas de garrafas
PET e elas usaram materiais descartáveis
para confeccionar as fantasias.

TERÇA-FEIRA

Querido Diário, hoje aconteceu algo MUITO estranho mesmo, e eu nem sei direito o que pensar.

Finalmente, fomos jantar fora para conhecer o namorado da nossa mãe. E eis que encontrei o Daniel!!

> QUE COINCIDÊNCIA ENCONTRAR VOCÊ AQUI NESTE RESTAURANTE, DANIEL!

> VIM COM O MEU PAI. ELE FOI ESTACIONAR O CARRO.

> A MINHA MÃE FOI AO BANHEIRO. O MEU IRMÃO ESTÁ ALI, À MESA... HOJE TEMOS UM JANTAR... ESPECIAL...

> JANTAR DE CARNAVAL? OU A SUA MÃE FAZ ANIVERSÁRIO?

> NÃO! ANTES FOSSE UMA DESSAS OPÇÕES! VOU CONHECER O NAMORADO DA MINHA MÃE!!

> COINCIDÊNCIA... E EU E A MINHA IRMÃ VAMOS CONHECER A NAMORADA DO NOSSO PAI...

> NÃO PODE SER!!!!

> OS NOSSOS PAIS NAMORAM?!!!!!

> E ONTEM EU LHE DEI UM BEIJO, FRANCISCA! DEPOIS VOCÊ SUMIU.

> DEU?

> SIM, NÃO ERA VOCÊ? SUA FANTASIA NÃO ERA DE PLANETA TERRA? FOI O QUE A MAIA ME DISSE... FUI COMO CONVIDADO DELA PARA LHE FAZER UMA SURPRESA.

> VOCÊ ERA O PLANETA URANO?

> CLARO! VOCÊ ESTAVA ESPERANDO OUTRA PESSOA?

Parece que fui atropelada por um caminhão de carga. Eu me sinto o Titanic colidindo com um *iceberg*.

Como vou sair dessa agora? Alguém pode me dizer que isso é uma pegadinha?!

telos
EDITORA

www.teloseditora.com.br